JOSÉ VTE. CARMONA SIMARRO

QUEDAMOS
PARA DESPEDIRNOS PERO
ELLA NO LO SABÍA

PENSAMIENTOS EN UN PEQUEÑO RELATO
SOBRE LA AMISTAD

© José Vte. Carmona Simarro - *Quedamos para despedirnos pero ella no lo sabía*

© Editorial La Rueca

www.editoriallarueca.com

Primera edición: junio 2024

ISBN: 978-84-19865-78-6

Depósito Legal: M-15415-2024

Impreso en Madrid - España - UNIÓN EUROPEA

¿Qué puedo hacer para que todo sea cómo antes?

Me he olvidado de la vida, amándote

Prólogo

Ustedes habrán pensado que, si es un relato breve sobre la amistad, poco valor tiene, pues la amistad debería de ser eterna. Eso quisiéramos todos, la realidad es que hay amistades fugaces que son tremendamente maravillosas, y otras que, siendo largas en el tiempo, son más moderadas en cuanto a intensidad. Esta amistad no fue breve, todo lo contrario, sólo fue breve el relato, y mi vida.

Ahora, estoy aquí, pensando en cómo ha discurrido mi ciclo vital, y pienso que ha sido un honor ser un ser vivo pensante, con todas sus contras, además de que siempre he opinado de que nos debemos a las personas que antes vivieron y por ellos debemos seguir, quizá no por nosotros. Eso ya lo harán otros.

Si la vida es un "abrir y cerrar de ojos" de sólo unos segundos, quiero vivir, quiero tener la oportunidad de poder abrir los ojos esos ocho segundos, y ver el mundo, lo que me rodea. ¿por qué ocho segundos? No lo sé, me gusta ese número.

La vida ha sido y es una aventura maravilosa, llena de momentos mágicos, pero cuando los estás viviendo y piensas en ellos ya han pasado. Quieres congelarlos, que se queden en estado de acto, quieres eternizarlos. También queremos eternizar a las personas y los seres con los vivimos, por eso cuando mueren, cuando se van, nos duele tanto. No queremos dejarlos ir, pero llega un momento que debemos hacerlo.

De joven leía a Hemingway, y recuerdo una de sus máximas de que *"el hombre puede ser destruido, pero no derrotado"*. Le he dado mil vueltas a esta frase buscándole un sentido, y en otro contexto diferente, intentado buscarle una utilidad para aplicarla en mi vida. Quizá debería de preguntar al autor, pero ya no puedo. Quizá hay tantas interpretaciones como lectores, eso es lo que quieren los escritores, ¿no?

Desearía que este relato acabase bien, nadie quiere leer un final triste, pero no sé cómo va a terminar, no lo sé, todavía.

Pasé un año entero formándome en un Máster en la Universidad, y dado que además de estudiar, trabajaba, sólo hice amistad con un pequeño grupo de estudiantes —éramos más de 80 alumnos— con los que me "ponía al día" y me pasaban los apuntes si había faltado a alguna clase. Del resto desconocía sus nombres y sus rostros. El último día de clase la conocí, cuando el profesor hizo una sesión de despedida. Yo pensaba que las amistades se hacían al inicio, en la sesión de bienvenida, pero claro yo falté ese día, y fue en ese día de despedida cuando apareciste.

Ahora empezaré a hablar de Matie. Siempre he pensado que toda mujer te salva de algo.

Inmortales

Todo pasará
esto pasará
y dejará de importar.

Y habrá nuevas batallas
que harán la vida interesante
y nos dará la sensación
de que nunca moriremos
de que somos inmortales.

No time

Matie. Emil, hoy es un buen día pasa salir a pasear, vamos y damos una vuelta ¿vale?

Emil. Pero si está lloviendo…dije, con cara extrañada.

Matie. Ya lo sé —y llueve intensamente—, pero aparte de tomar el sol, ¿las personas no salen a tomar aire? Pues nosotros vamos a tomar la lluvia.

De sus labios salió una pequeña sonrisa, que pronto me contagió. Dicen que la risa se contagia, —Aristóteles decía que la risa apagaba el miedo— a mí me gustaba contagiarme de todo lo que salía de Matie, de todo.

En cierta manera Matie tenía razón, además quién le hubiese dicho que no a esa mujer tan bonita. Matie tenía un alma bonita, un alma que hacía que el tiempo que pasabas con ella fuese maravilloso.

No recuerdo donde leí que cuando te enamoras piensas que ese amor no será para siempre, por eso te entregas hasta vaciarte, sin embargo, yo no pienso así, yo creo que cuando te enamoras piensas que ese amor si será para siempre, por eso te entregas y te quedas vacío, no lo haces porque pienses que tiene un final, eso no quieres creerlo. No piensen que yo estaba enamorado de Matie, no, sin embargo, la necesitaba tanto, como si estuviese enamorado de ella, algo sustancialmente diferente.

Matie y yo, sólo éramos buenos amigos, de la nada, habíamos creado largas tertulias, de los más variados temas, tanto impersonales como de cosas que nos pasaban. Era como una especie de terapia particular de aficionados, dado que ninguno de los dos éramos terapeutas en el sentido académico o profesional.

Matie salía de una relación que casi acaba con ella y cuando la conocí sólo pretendía vivir el día a día, sin más. Si algo malo pasaba decía "mañana será otro día" o "esto mañana habrá pasado y ya no tendrá tanta importancia", sin embargo, en los inicios, se notaba muy dolida, pero todo cambió.

Y así empezó…

Matie. Emil, he conocido a un chico que me gusta, pero no estoy del todo segura.

Emil. Es normal, hasta que no lo conozcas más profundamente no sabrás como es, ni si te gusta todo lo que piensa, o lo que hace, o cómo se comporta, porque en los primeros momentos tendemos a comportaros de forma "políticamente correcta".

Matie. Por favor, no me hablas de política.

Emil. No me refiero a eso, digo que se comportará inicialmente para que te sientas bien, pero quizá no sea así siempre.

Matie. Emil, era una ironía, ya sé lo que es ser "políticamente correcto "en este sentido. Yo también intento ser así al principio, y después va saliendo nuestro yo real.

Emil. Así es, cuando se enfrentan nuestros "yo" reales es el primer momento en el que analizamos si realmente esa relación es factible o no, si realmente nos gusta esa persona y si le gustamos a ella. Entonces nos alejamos o, todo lo contrario. Eso sí, hay que intentar que no se note mucho pues si la otra persona nota demasiado el interés puede no ser bueno ya que nos podría manipular a su antojo.

Matie. ¿No estás siendo demasiado racional? ¿No podrías ser un poco emocional?

Emil. Podría intentarlo, pero mira cómo nos ha ido a nosotros en cada una de nuestras relaciones.

Matie. No me hagas pensar en eso, quiero centrarme en la solución, no en el problema. Eso es pasado y yo quiero vivir el presente y crear el futuro, que siendo un misterio es a lo que toda persona tiende.

Emil. Lo siento, era para poder explicarme mejor. Por cierto, está empezando a llover con más intensidad. Creo que me está gustando esto de tomar la lluvia.

—Matie vuelve a sonreír, y eso me hace sentir bien. Sé por lo que ha pasado y no quisiera que lo pasase mal por cualquier tontería—.

Solos no

O seguimos los dos
o morimos los dos
solos, no.

Somos lluvia

Matie. Creo que voy a dejar el paraguas y que la lluvia me haga suya…

Emil. Pues cuidado, tomar el sol de verano directamente puede causar quemaduras.

Matie. Ya, pero esto no es sol, es lluvia.

—Ahora, cuando ya ha pasado el tiempo, pienso en aquel momento mágico en el que Matie y yo, soltamos los paraguas y la lluvia nos acogió, nos hizo suya. Éramos parte de la naturaleza, era como volver al inicio, de donde vinimos antes de nacer, era un estado el que sentíamos paz, mucha paz—.

La gente que pasaba nos miraba y a continuación sonreía, al vernos correr por aquella calle de un lado a otro. Estaba anocheciendo, y las gotas de lluvia al caer y mezclase con la luz de las farolas de las calles creaban un escenario idílico y mágico.

Matie todavía vivía con sus padres, y tenía un hermano que no veía desde hace años. Me contó que un día discutió con su padre y se marchó, y no volvió, por lo menos hasta el día de hoy. Trabajaba en una floristería, por eso me encantaba ir a visitarla pues entrar en aquel establecimiento y poder oler la fragancia de las flores era adictivo. El jazmín era mi preferida, seguida de la gardenia y, como no, la rosa. Cuando voy por el campo y huele a jazmín me transporta a la floristería de Matie, y me recuerda a Proust en su libro "A la busca del tiempo perdido", por eso se dice que en el olfato reside la memoria involuntaria, aquella que nos lleva a estados de tiempo puro, eso leí en una columna del periodista Francisco Umbral.

Si, yo me compré los tres tomos y me los leí, aunque me perdí numerosas veces en ese maremágnum de nombres y lugares: los esquemas que hice todavía los conservo.

Además, oler a jazmín, me transporta a la tienda de Matie, una tienda que ya no existe, por lo menos en plano material, pero si en mi memoria.

El abismo

Ahora pienso en el abismo
en cuando te vas haciendo mayor
y el futuro es el que se va acortando.

El pasado siempre está ahí inmóvil, y si miras hacia atrás sólo
ves un abismo inmenso mientras el futuro sigue su camino
hacia ti acortándote el espacio.

Da igual si te paras o no,
todo termina donde tus pies
no tienen donde apoyarse.

Jazmín

Matie. Te he preparado un ramo de rosas para que se las lleves a tú chica…

Emil. ¿A qué chica?, le digo poniendo clara de incrédulo.

Matie. Tu sabrás, cuando vienes a verte te veo como hipnotizado, a veces ausente, seguro que piensas en alguien. Menos mal que no te has enamorado de mí…

Me quedo en silencio unos segundos…

Emil. No quiero el ramo, sólo quiero una rosa, sólo una. ¿es posible?

Matie. Claro, toma esta, es muy bonita y huele muy bien…

Los días en los que iba a ver a Matie, me quedaba hasta la hora del cierre, y la acompañaba a su casa. Así podíamos hablar por el camino.

Matie. ¿Recuerdas del chico del que te hable?

Emil. Si claro, ¿cómo va el asunto?

Matie. No va mal la cosa, ¿sabes?

No sé porque, o quizá sí, el oír eso no me gustaba. A pesar de que Matie pretendía tener una pareja estable, era como tener un competidor en el plano de la amistad, era como bajar a lo más básico del instinto animal. Sentirme así, no me gustaba. Deseaba lo mejor para Matie. Quizá todo era porque esa situación podría ocasionar el perder el contacto con Matie, incluso sería normal, sin embargo, era una sensación agridulce.

Emil. Ojalá encuentres al hombre de tú vida.

Y Matie me miró, sin sonreír.

Algo que soy incapaz de imaginar

Para poder creer en Dios
debería de ser otra persona
otra cosa diferente
a la que soy.

Para pensar que ese niño muerto
va a tener una segunda oportunidad
yo tendría que ser
algo, que soy incapaz de imaginar.

"Cuando ya has muerto y no te recuerda nadie,
es como si no hubieses existido nunca"

¿Nos vamos al cine?

Ahora lo sé, sé cuándo se pinta o se escribe un poema, sé lo que se siente, en cada trazo de sus ojos, de sus labios, su expresión, en cada palabra, sutilmente colocada. Sólo tienes que mirar el cuadro, y sentir el amor que puso el pintor al hacerlo, sólo tienes que leer cada frase. Y quizá ya no exista ni lo uno ni lo otro, sin embargo, quedó eternizado.

Matie. Estoy de acuerdo. Sé que te gusta todo tipo de arte, en especial la pintura y la lectura, pero recuerda que el cine también es un arte, y me habías prometido llevarme al cine a ver una película, ¿lo recuerdas?

Emil. Si, pero todavía no tengo claro que película ir a ver. Sabes que me gustan las películas "de culto" y cada vez hacen menos de este tipo.

Matie. ¿No me harás volver a ver esa película que ya hemos visto siete veces?

Nos hemos puesto a reír juntos. Matie tiene razón. Siempre acabamos viendo películas que ya hemos visto varias veces, sin embargo, en cada visionado aprecias algún aspecto que no has detectado en las anteriores, y, es más, a veces me ha dado la sensación de estar viendo otra película distinta.

Emil. ¿Seré yo o es que son versiones diferentes?

Matie. Eres tú.

Al final no fuimos al cine, y nos fuimos a su casa. Saludé a sus padres que estaban en una pequeña habitación viendo la televisión y nos sentamos en un sofá del salón, como no, a hacer una tertulia sobre las películas que habíamos visto, a veces más que tertulia era debate, por las diferencias de opinión. Como se hizo tarde, sus padres antes de irse a dormir vinieron y le dieron un beso de buenas noches, y se despidieron de mí. Ese momento me traslado a mi niñez, cuando mis padres venían a darnos las buenas noches a mí y mis hermanos cuándo ya estábamos acostados. Cuanto echo de menos ese momento. Una vez se fueron a su habitación, intentamos hablar bajito, para no molestarlos.

Emil. Aquí no hay debate —le dije—, opinas tu y opino yo. Y si podemos llegamos a puntos en común mejor. Si opinamos diferente, no pasa nada. Es bueno tener diferentes puntos de vista.

Matie. Mira, así vas a poder solucionar todas las guerras del mundo y todos los problemas.

Emil. Si fuese así de fácil. Lo que pasa es que, en las guerras, uno quiere lo que el otro tiene, y viceversa. Y no hay respeto a la vida. Esa debería de ser una máxima antes de cualquier conflicto. La mejor guerra es aquella que nunca se produce. ¿recuerdas de quién es esta frase?

Matie. Tú sabrás, que no paras de leer. Solo paras de leer para leer.

—Matie empezó a reírse pues era ella la gran lectora, la devoradora de libros—.

Gran parte de lo que leí fue gracias a ella. En nuestras tertulias me hablaba de libros y me hacía sinopsis de todos ellos. Yo me los compraba y los leía, y ahí empezaba el "enfrentamiento de las ideas". Aprendimos mucho juntos, sobre todo, a pensar por nosotros mismos, a crear nuevos pensamientos. Podíamos opinar sin repetir lo que habían dicho en televisión o escrito en el periódico. Sin embargo, un día llegamos a una conclusión que generó un dilema del que nos costó salir. Si opinamos, es en base a lo que hemos leído, y sin duda, eso nos influyó. ¿Entonces que parte de lo que opinamos es nuestro?

Al final llegamos a la conclusión de que apenas un 10% era de "nuestra cosecha" y que, sin duda, leer a otros autores nos influía en nuestras opiniones que decíamos que eran nuestras.

Voy a hacer café, dijo Matie.

Emil. Sin azúcar.

Matie. Ya lo sé, y muy caliente, y tocado de unas gotas de leche.

Negrete

Ahora eres la lluvia
ahora eres yo,
y yo soy tu.

Y respiras
cuando yo respiro,
Negrete.

"Estamos hechos de elementos de otros seres vivos que ya
se fueron, de se eso se trata, y seremos parte de los que vendrán
en el futuro, y volveremos al estado de antes de nacer..."

¿Puedo ir a verte?

Nuestra amistad era un poco especial, pues no vivíamos en la misma ciudad, y no estaban para nada cerca, más bien lejos. Al ser sólo amigos podíamos pasar tiempo si vernos y no pasaba nada. Dicen que la amistad se conserva en la distancia, sin embargo, el amor debe de cuidarse cada día, necesita calor y proximidad. Puedes ver un amigo al que no has visto en años, sentarte con él, y el tiempo de distancia no repercutir en absoluto. Un amor no, el amor a distancia duele, y el recuentro puede ser una catarsis, o, todo lo contrario.

De repente, algo cambió...

Matie. Emil, ¿puedo ir a verte?

Emil. Claro como siempre.

Pero no fue como siempre, Matie empezó a venir a verme desde su ciudad, a comer conmigo. Tardaba 4 horas en la ida y 4 horas en la vuelta, comíamos en un par de horas, y volvía. Y decía, dime qué día podemos volver a comer juntos.

Así estuvimos viéndonos las últimas veces, y decidí tomar una decisión, pues no veía normal eso. Traspasaba el límite de la normalidad en una amistad, pero ¿qué se yo de la normalidad en ese aspecto? También pensé que Matie estaba dependiendo demasiado de mí, que necesitaba nuestras conversaciones, a veces, para salir a flote. Lo paradójico es que a mí también me servían, también las necesitaba.

Y tomé una decisión. Y me alejé, poco a poco, intentando no hacerle daño. Pero se lo hice. Y mucho.

¿Qué puedo hacer para que todo sea como antes? Me decía Matie…

El último paseo

A Bicho 22 de marzo de 2024

El último paseo fue especial,
el mejor, sin duda.

Caminamos cerca de casa
como siempre habíamos hecho.
Y también por Valencia
por lugares donde nunca habíamos ido
fue como subir al Everest para ti.

Pero también era diferente
para nosotros.
Nos habías unido en tú paseo
los cuatro juntos,
Invencibles.

El último paseo fue especial,
el mejor, sin duda.

Conseguiste algo inimaginable
que, al despedirnos de ti,
nos abrazáramos todos
y andásemos varias calles así
como si fuésemos un solo ser.

El último paseo fue especial,
el mejor, sin duda.
pero quizá,
no fue el último
sino el primero
de una gran aventura.

Encuentros inesperados

Paseando también puedes encontrar a personas como tú, por eso cuando te diste la vuelta y te pregunte tu nombre, me dijiste… lo llevo detrás en la camiseta. Miré a tu espalda, pero en la camiseta que llevabas no había nombre alguno, y te lo dije… ¡no tienes nombre!

Quedaste extrañada, no te habías dado cuenta de que justamente ese día te habías puesto una camiseta sin tu nombre —en el resto lo tenías en todas serigrafiado— …me miraste y no supiste que decir.

Seguiste mirándome fijamente a los ojos… creo que no te acordabas de tú nombre… y te asustaste.

Ya casi he sobrevivido a mí mismo
sólo eso puedo controlar yo
sólo eso.

Quédate

Recuerdo una de nuestras conversaciones, hablando sobre su expareja y sobre el chico del que decía tenía interés ahora...

Matie. Las personas pasan por nuestras vidas, una se quedan un poco de tiempo, otras más, y otras se van para siempre.

Emil. Para siempre no hay nada.

Matie. Me refiero a que, tras esa persona, ya no habrá nadie más.

Emil. Eso nunca se sabe.

Matie. No es cuestión de saberlo, sino de sentirlo.

Emil. Y ahora, ¿que sientes?

—Matie gira su cabeza y me mira, y bajo mi punto de vista deja transcurrir demasiado tiempo, como si se hubiese quedado congelada, pero no lo estaba, pues respiraba. Quizá mejor ausente, o, todo lo contrario, más presente que nunca. Al no saber que decir, me quedé callado—.

"Vive todo lo que puedas cariño…
voy a estar a tú lado…
quiero darte tiempo, más tiempo de vida…"

No quería volver a verte

Matie y yo estuvimos mucho tiempo sin vernos, inicialmente hablando cada día, que después paso a ser semanal para ir volviéndose totalmente irregular hasta llegar a nada. Eso proceso es destructor e inconexo, pero sucede.

También sucede que un día, sin esperarlo y de la nada, saludas a esa persona, quizá de forma errónea, en el contexto de que te has equivocado de número o correo, o totalmente lo contrario como si necesitases saber algo de ella, aunque fuese sólo un instante, pero también puede ser que sin darte cuenta te encuentras con esa persona

Y eso sucedió.

No quería volver a verte porque sabía que cuando te hicieses más mayor todavía serías más bonita… —eso pensé sin decírselo—.

Matie. Sabes, quería volver a verte, pues sabía que cuando te hicieses más mayor, serías aún más interesante…

—Yo me quedé con cara inconexa y mente perdida en el espacio, lo que me estaba diciendo es lo que yo estaba pensando hace apenas unos instantes—.

Matie. Emil, ¿qué te pasa? ¿dónde estás?

Emil. ¿Eh? Me quedo mirando el infinito.

Matie. Pensaba que te había pasado algo...

Emil. No, no te preocupes, estoy bien.

—Entonces, sonrío—.

Emil. Matie, hoy es un buen día pasa salir a pasear, vamos y damos una vuelta ¿vale?

Matie. Pero si está lloviendo...

¿Dónde estoy?

Fuera del camino
dando tumbos
por la maleza.

Sin destino
agonizando
sobre la lluvia caída
nada me sirve.

No hay nadie
se han ido todos
estoy vacío.

No sé dónde estoy
nadie me sigue
nadie aparece
nadie me ayuda.

Sé que estoy vivo
sé que respiro.

No sé dónde ir
no sé como
encontrarme mejor.

No quedan lágrimas.

Ya nada
será como antes.

No pido ayuda
no hay nadie
nadie
ya no hay ángeles.

17 años

Fue cuando terminó el castillo de fuegos artificiales cuando te conocí. Ya nos retirábamos todos de la plaza cuando nos cruzamos en la calle, y yo te mire a ti, y tú me miraste a mí, o fue, al contrario, ahora al cabo de tanto tiempo no sé qué pasó primero o lo segundo, pero ese cruce de miradas hizo que, al dirigirnos hacia el mismo lugar, también cruzásemos algunas palabras ¿vas para allí?, si, ah, pues yo también.

De esta manera nos dirigimos hacia otro lugar, donde supuestamente iba a continuar la fiesta y que, durante el trayecto, que no era corto, pudiésemos hablar y conocernos un poco. Éramos jóvenes y estudiantes, eso quedó claro.

Durante todo el festival estuvimos hablando de cientos de temas, y también de nosotros, por lo que la fiesta se convirtió en un sujeto pasivo.

Al final me pediste el teléfono, y te lo di. Creo que yo no te lo pedí. Fue así pues nunca te llame, ni tras vernos por primera vez, ni tras conocernos más. Siempre me llamabas tú.

La primera vez que quedamos fue por la tarde. Yo acababa de trabajar y llamaste al teléfono y me dijiste soy -tachado-, he ido llamando a mis amigos y nadie podía salir, y tú estabas el último de la lista, así pues, he decidido llamarte ¿te vienes a dar una vuelta?

Me hizo gracia tú comentario, que también me creí, pues no te conocía de nada y podía ser verdad, pero dado que había trabajado todo el día, pensé que me iría bien dar una vuelta. Así pues, fui a casa a ducharme, a cambiarme de ropa y a acudir al lugar donde quedamos.

Tenías 17 años.

Quedamos muchas veces, simplemente a pasear y contar cosas de nuestra vida. Querías ser maestra, y yo quería ser médico. Me contaste cosas de tus padres, en qué trabajaban y yo de los míos, y de tus hermanos, pero no recuerdo mucho más.

Seguiste llamando al teléfono, yo apenas estaba en casa entonces y sólo podías dejar "el recado" de que habías llamado, pero nunca te llamé. Tampoco me daban todos los mensajes. Claro, te di el teléfono fijo de mi casa.

Pasó el tiempo, y dejaste de llamar.

Paso más tiempo todavía, mucho más, y un día, vi a una mujer salir de una sala de fiestas acompañado de un hombre. Yo estaba estático, de pie, esperando a un amigo. Pasaste cerca de mí, giraste la cabeza y me miraste fijamente, cómo si hubieses visto un fantasma, lo note en tu cara (eras tú indudablemente). Aguantaste unos segundos la mirada. Yo también te miré fijamente. Fue extraño, fue como si hubiese algo sin resolver entre tú y yo.

Seguiste caminando junto al hombre y miraste al frente.

Epílogo

El tiempo pasa para todos, para todos pasa el tiempo.

Somos supervivientes, rodeados de tragedias.

Ya sé a qué se refería Hemingway.

Era una casa mágica, nuestra casa, pero sólo si estabas tú.

Qué necesario es sentir que le importas a alguien.

¿Qué puedo hacer para que todo sea cómo antes?

He ejecutado un plan perfecto, me he olvidado de la vida, amándote… pero ahora que ya no estás me siento perdido, me siento en ningún sitio… es como estar muerto en vida.

Cuando algo no lo puedes tener, lo destruyes… cuando dejas de sentir que lo que pasó fue ayer, aunque ha pasado mucho tiempo, empiezas a respirar… hasta que un día tienes un ataque agudo de memoria.

Creo que escribir es un acto de valentía, enfrentarte con lo más duro que aparece en tu mente en determinados momentos. Si no escribiese me olvidaría ellos, pero aquí estoy yo, inmortalizando pensamientos, que puedo releer y volver a sentir.

La rosa está guarda dentro del tomo II de Proust "A la búsqueda de las muchachas en flor". Podéis encontrarlo en mi biblioteca. A la derecha están los libros de Camus, y a la izquierda los de Blasco Ibáñez.

No se llamaba Matie…

ÍNDICE